AF385131

POURQUOI LA GUERRE ?

LETTRES (?)

A M. LE MARÉCHAL ***

Ces Lettres paraissent par livraisons.

PRIX DE LA LIVRAISON: 50 cent.

ON SOUSCRIT A PARIS :

CHEZ BOHAIRE, LIBRAIRE-ÉDITEUR,

BOULEVARD DES ITALIENS, 10.

1840.

ENVOI.

MON CHER MARÉCHAL,

J'avais fait vœu, depuis la cent fois fatale coalition, de renoncer au monde politique. Recueilli au fond de mon petit ermitage, où je vis de souvenirs et d'amitié, je méditais sur les funestes conséquences de cette conjuration de tous les partis, de toutes les sectes, de toutes les intelligences qui les inspirent et les dirigent, contre un pouvoir dont le principal crime était d'exister. J'espérais, cependant, que les nouvelles épreuves produites par ce grand acte de passion, ne laisseraient d'autre trace qu'un enseignement profond dans les consciences, et dont profiterait la morale publique.

Hélas ! l'épreuve est bien autrement redoutable ; elle nous a conduits, en bien peu de temps, d'une situation pleine de calme et de prospérité, à un présent frappé déjà de grands sacrifices, et à un avenir incalculable de dangers, d'efforts nouveaux, qui peuvent faire revivre pour la France les plus épouvantables jours de sa phase révolutionnaire : Heureuse, si, comme alors, ces hideuses saturnales pouvaient être rachetées par les admirables gloires de la république et de l'empire !

Il ne faut rien moins, mon cher Maréchal, que cette situation si subite, si extrême, pour me faire rompre mon vœu, et m'exciter à m'épancher dans cette intimité, si bonne, si douce, que la cordialité de votre caractère, la sûreté de votre raison, rendent si chère à vos amis.

Recevez donc, mon cher Maréchal, cette libre manifestation de ma pensée. Puisse-t-elle jeter quelque jour sur l'horizon politique, qui s'est si rapidement assombri, et au-

tour duquel s'amoncellent les orages ! La
sagesse, la modération, la véritable dignité,
peuvent encore les conjurer, et la France
toujours grande, toujours magnanime, doit
dominer la paix de l'Europe et du monde.

C'est à vous, mon cher Maréchal, à vous
qui approchez si près du trône, qui êtes placé
à côté de ses agens-responsables; c'est à vous
à les éclairer de vos conseils, à les inspirer
de votre patriotisme. Vous acquerrez par là
de nouveaux titres à la reconnaissance du pays.

Agréez, mon cher Maréchal, ce nouveau
témoignage d'un sentiment d'affection dont
vous connaissez toute la force; je suis toujours
fier de la vôtre (1).

(1) Les trois premières lettres étaient écrites et prêtes à être
publiées *avant* le changement du cabinet. L'auteur les avaient
conçues en vue de M. Thiers, chef du pouvoir. Sa retraite rend
l'émission de la pensée plus délicate ; mais elle ne faillira pas
à la mesure et à la convenance que cette retraite lui imposent.

Pourquoi la Guerre?

CONSIDÉRATIONS GÉNÉRALES.

PREMIÈRE LETTRE.

MON CHER MARÉCHAL,

Pourquoi la guerre? Voilà la question que je médite depuis le jour où, pour la première fois, ce mot formidable a été prononcé. Eh quoi! à dix ans déjà de distance du grand ébranlement de juillet, qui remettait en question l'Europe de 1815; lorsque, pendant cet intervalle, toute la sagesse, et, à la fois, toute l'énergie du nouveau trône, toute l'habileté, le courage de ses conseils, toute la modération, la prudence des classes laborieuses ont concouru à affermir l'ordre, la paix et le travail dans cette société secouée jusque dans ses fondements ; à cette distance, dis-je, de la commotion révolutionnaire : tout-à-coup, au sein de la plus grande sécurité, un fait, qui n'a rien de nouveau en lui-même, contre lequel la prévoyance du gouvernement a dû dès longtemps se prémunir ; ce fait, vaste sans doute, mais que l'Europe est appelée à résoudre par la seule force de la raison et de la justice, devient le brandon de discorde qui va replonger la France et l'Europe dans les effroyables convulsions d'une guerre générale et subversive : C'est impossible ! à moins que la France n'ait perdu le sentiment de tout ce qui fait la véritable grandeur des peuples.

Pour nous rendre bien compte de cette impossibilité, mon cher Maréchal, r'ouvrons nos annales palpitantes encore de tant d'intérêt, sources des plus sages, des plus terribles, des plus glorieux enseignements. Que nous dit-elle, cette histoire ?

Il y avait une France monarchique ; une royauté du droit divin ; une noblesse née et héréditaire ; des priviléges pour elle seule ; des exclusions pour tous les autres qu'elle. Il y avait un clergé usurpateur des pouvoirs temporels. Il y avait une intolérance religieuse ; une persécution des consciences. Il y avait des charges publiques écrasantes qui pesaient sur le peuple tout entier, à l'exception de quelques-uns. En un mot, il y avait despotisme, oppression, inégalité civile, tout ce qui constitue une société tyrannique et injuste. Vainement de longs siècles, mêlés de grands maux et de grandes gloires, protégeaient cette institution prétendue *divine*; le christianisme lui-même, cette loi de Dieu donnée à la terre, enseignait aux hommes les principes en vertu desquels ils étaient autorisés à demander la réforme de l'institution caduque : Cette réforme, c'était *la souveraineté nationale*; *la liberté*; *l'égalité*, c'est-à-dire, la consécration des droits de tous.

89 vint ouvrir l'ère nouvelle : avec elle commença la destruction de l'ancienne société et la réédification de la société nouvelle. Mais que d'efforts pour détruire! que d'efforts pour réédifier! C'était en présence de l'Europe, en face de nations, qui avaient, elles aussi, des droits à conquérir; de gouvernements chez lesquels cet élan redoutable d'un grand peuple inspirait une irrésistible terreur.

Disons-le, car la vérité est là : la France, contre laquelle toutes les nations se sont levées, n'a dû la puissance de son énergie dans la lutte qu'à la terrible excitation de sa fureur révolutionnaire. Elle brisait tout chez elle : plus de trône, plus de lois, plus de religion, plus de travail, plus de bien-être ; partout la rage et le désespoir. Oui, c'est alors que l'on est indomptable. Voyez un furieux : l'exaspération décuple sa force ; il faut dix fois une force égale pour le contenir. C'était la France de 92 et 93. Le paroxisme fut long ; il l'a conduite, de miracle en miracle, jusqu'aux merveilles et aux désastres de l'empire.

Eh bien ! je le demande, à vous d'abord, mon cher Maréchal, dont l'expérience est si sûre, le sens si droit, le patriotisme si pur ; je le demande à vous, à tout homme que la passion n'aveugle pas : la France de 1840 est-elle, peut-elle être encore la France de 89, de 93, et même la France de l'empire ?

Quels changements s'y sont opérés depuis vingt-cinq ans ! dans sa constitution politique, d'abord ; cette monarchie constitutionnelle que le peuple français salua en 89 de ses acclamations. La Charte de 1814, bien qu'octroyée en apparence, mais plutôt imposée à Louis XVIII par la volonté nationale, et réclamée par les mœurs nouvelles ; cette Charte, dans ses principes fondamentaux, ne contient-elle pas en réalité tous les droits sur lesquels se fonde une société libre et juste ? Enfin, la Charte de 1830, qui a élargi les bases du premier pacte conclu entre le trône et le pays, ne réalise-t-elle pas les progrès de l'institution représentative ?

Faut-il faire encore une révolution pour la renverser, et livrer de nouveau la France aux niveleurs ? C'est le rêve sanglant et absurde dont ils poursuivent l'accomplissement au milieu de la réprobation publique. Ils oublient, ces Lycurgues sauvages, que tout est conquis en France ; que la classe laborieuse y occupe toutes les positions, depuis le trône jusqu'à l'atelier. Ils oublient que les lois sont pour tous ; les charges publiques pour tous ; la tolérance religieuse pour tous ; en un mot, que tout y est libre, égal, autant que la liberté, l'égalité puissent exister. Ils oublient que l'infinie répartition des biens, du travail, ont fait passer l'esprit de propriété, par conséquent de conservation, dans la volonté commune, et que le jour où ce droit de propriété sera sérieusement menacé, ce jour-là le pays tout entier se lèvera pour le défendre.

Faites-donc une révolution avec un peuple qui a tout acquis et qui veut tout conserver ! Entonnez les chants patriotiques pour l'exciter à se suicider lui-même ! En vérité, c'est le comble de la démence, de la fureur ; elles deviennent atroces, lorsqu'elles vont jusqu'à égarer quelques malheureux sur la foi d'un avenir meilleur que leur réserve la république.

Mais est-ce donc seulement en France que se sont opérés de si grands changements? Qu'ils parcourent l'Europe, ces apôtres de propagande, ils y trouveront des modifications politiques et morales, non moins profondes, non moins libérales, qu'en France même.

Ils parlent de *l'Autriche*, non pas seulement les petits états autrichiens qui sont le centre de plusieurs royaumes; mais la Hongrie, la Bohême, la Gallicie, cette Pologne au nom de laquelle ils protestent avec une témérité qui n'a d'égale que leur ignorance; la Silésie; la Lombardie; en un mot, cette agglomération si diverse de peuples, de lois et de mœurs. Qu'ils la parcourent donc, cette *Autriche!* ils verront que partout règnent l'ordre, la paix, la richesse; des lois simples, appropriées à chaque nation; le respect de la langue, des usages, de la religion; tout ce qui laisse la nationalité entière. Et, pour revenir à la Gallicie: qu'ils aillent y chercher des serfs, comme aux beaux jours de la féodalité : au lieu de l'esclavage, ils y trouveront un peuple libre, *polonais* encore, *polonais* toujours, mais placé sous le protectorat d'un gouvernement tout paternel. (1)

La Prusse ? mais la Prusse c'est la réalisation la plus parfaite de l'unité monarchique et de la liberté municipale. L'administration des villes par le peuple, c'est-à-dire, l'élection au plus bas degré ; le gouvernement par le trône et ses agents responsables. Là aussi, la loi, la liberté : partout de l'ordre, de la sécurité, du travail productif, du bien-être, toutes les conditions de la plus heureuse société humaine.

Les états secondaires de l'Allemagne : *la Bavière,*

---

(1) A mon retour d'un voyage plein d'intérêt que j'ai fait en 1837, dans la Russie méridionale et en Crimée, j'ai traversé la *Gallicie.* Je ne reconnaissais plus *Lenberg,* sa capitale, que j'avais vue vingt-cinq ans avant, tant elle est embellie. C'est une ville presque neuve, et qui renferme aujourd'hui *quatre-vingt-mille* habitans. Je fus au spectacle, où l'on joue alternativement des pièces polonaises et allemandes, et j'assistai précisément à un grand mélodrame polonais, où l'amour national était exprimé avec une grande énergie. Et le gouvernement autrichien, ce gouvernement *oppresseur*, non seulement autorise ces représentations patriotiques, mais y applaudit. Voilà pourtant cette Pologne si malheureuse ! Je pourrais en dire autant du *duché de Posen, ou Pologne prussienne.* Quant au duché de Varsovie, à la Lithuanie, ou *Pologne russe,* c'est une autre question ; mais je sais bien la cause de l'oppression, sans cependant en approuver la rigueur.

12

la Saxe, le Wurtemberg, le duché de Bade, le Hanovre, etc., mais tous, pour la plupart, sont régis par le système représentatif ; tous jouissent dans leur ordre politique des mêmes conditions de liberté et d'égalité ; tous, aussi, sont aussi heureux qu'ils puissent l'être.

La Belgique, la Hollande, la Suède : ces différentes nations sont plus avancées encore que la France comme institutions libérales. Il n'est pas jusqu'à *la Russie,* cette terre de despotisme, dont l'organisation n'ait reçu d'immenses améliorations.

Eh bien ! est-ce là cette Europe de 89, surtout de 93 ? est-il un moment raisonnable de croire qu'une révolution générale y soit possible, à commencer par la France ?

Ainsi, la guerre de propagande, la seule que proclament nos démolisseurs, et pour laquelle ils entonnent déjà *le Chant du départ ;* cette guerre de subversion est entièrement en dehors de la situation nouvelle, et, par conséquent, de la volonté des peuples.

Reportez un instant votre pensée, mon cher Maréchal, vers l'époque véritablement formidable de 1830. Ce fut là sans doute, une grande épreuve pour l'état nouveau de l'Europe. En France, d'abord, il s'agissait de savoir si nous reculerions d'un demi-siècle pour recommencer une révolution accomplie. L'incertitude ne fut pas longue; le pays tout entier se leva pour dire : *je veux conserver*. De là, la dynastie nouvelle ; de là, la Charte, maintenue et révisée. De là, l'armée, la garde nationale, la magistrature, l'administration, toute l'organisation sociale respectée, comme le bien le plus précieux, acquis au prix de tant de sacrifices.

Et l'on dira que ce n'était pas la volonté du pays! mais le pays, ce n'est donc pas le trône, les chambres, l'armée, la garde nationale, la magistrature, l'administration, le commerce, l'industrie, l'agriculture, tout ce qui travaille et produit? Certes, si ce n'est pas là le pays, la nation, la France, à quoi les reconnaître? Non, jamais manifestation publique n'a été plus vaste, plus complète, plus solennelle, et dix ans d'épreuves n'ont fait que la sanctionner d'une manière éclatante.

Qui dira mieux que vous, mon cher maréchal, l'élan d'un peuple entier, après le grand acte accompli de la puissance nationale? vous étiez alors partie directe dans l'action du nouveau pouvoir, pour réorganiser toutes les forces du pays, dans la prévision d'une agression de l'Europe conjurée. Eh bien! j'atteste votre propre témoignage : entra-t-il alors dans la pensée d'aucun de faire servir cet élan patriotique à prévenir l'Europe, et à porter partout le fer et le feu, au nom de la liberté et de l'égalité?

Non, cette attitude si grande , si imposante de la France; cette organisation merveilleuse de tous ses éléments virils, n'eurent alors qu'une seule cause, la volonté d'accomplir, en face de l'Europe, notre nouvelle phase révolutionnaire, celle qui complétait la rénovation de 89.

Que si , sous l'influence ardente du mouvement rénovateur, la Belgique brisa une union mal assortie et anti-politique ; si le cœur généreux de la Pologne s'embrasa encore du feu de la nationalité ; si l'Italie même, cette terre dégénérée , ressentit aussi l'influence du sentiment de liberté ; ces ébranlements partiels ne pouvaient pas avoir de résultat général, parce que la France ne voulait pas, ne pouvait pas vouloir compromettre sa propre existence , sa réforme si laborieusement consommée, pour embrasser des illusions , dont la poursuite n'est qu'une noble chimère.

Eh quoi ! ce que la France de 1830, la France de juillet n'a pas fait ; ce qu'elle ne pouvait pas tenter de faire sans suicide, la France de 1840; la France paisible, respectée; la France devenue l'arbitre de la paix de l'Europe, aurait la folle témérité de l'entreprendre? elle serait l'agresseur envers tous ; jetterait le gant à tous , et compromettrait, dans cette autre lutte gigantesque, ses institutions si violemment, si audacieusement attaquées par des partis désespérés; son travail merveilleux de production ; tout, enfin, ce qui fait sa force et sa richesse ! Eh ! pourquoi ? Parce qu'il existe en France une opinion présomptueuse et fanfaronne, qui s'empare de l'ardeur belliqueuse d'un peuple ardent et aventureux ; exploite ses préjugés ; le passionne pour une fausse et dangereuse gloire, et s'efforce ainsi de le précipiter dans de nouveaux, d'incalculables périls.

Ah ! il est pour la France une bien plus noble carrière, dans laquelle elle peut, elle doit devancer tous les peuples : c'est celle du perfectionnement moral et réel des institutions sociales. C'est le développement des forces intellectuelles et productives ; c'est l'œuvre civilisatrice dans son action la plus vive , la plus persévérante , mais surtout la plus paisible. Voilà la nouvelle gloire que la France doit ambitionner, et celle-là n'est pas soumise à des retours désastreux.

Je borne à ces rapides considérations, mon cher Maréchal, ce premier épanchement d'une pensée qui est aussi la vôtre. Et cependant, lorsqu'il s'agit d'honneur français, de dignité nationale, quel cœur battrait plus violemment, si cet honneur, cette dignité, étaient réellement menacés !

Ces communications intimes vont se succéder rapidement ; l'heure est brûlante ; il faut l'employer à éclairer le pouvoir et le pays. J'accepte ma part de ce devoir, dans le peu que je puis, avec toute l'ardeur d'une conviction profonde et d'un patriotisme qui ne le cède à aucun, pas même au vôtre, mon cher Maréchal.

Paris. Impr. de C. Bajat,

NOUVEAU DROIT POLITIQUE

DE L'EUROPE.

PARIS. — Imprimerie C. BAJAT, rue Montmartre, 131.

DU

NOUVEAU DROIT POLITIQUE

DE L'EUROPE.

DEUXIÈME LETTRE.

MON CHER MARÉCHAL,

Je viens aborder un des points les plus intéressants, les plus délicats, et cependant les moins étudiés de la situation nouvelle. Cette étude est riche d'enseignements ; malheureusement les préjugés invétérés du vieux libéralisme, dont une presse mercantile et passionnée nourrit tous les jours les esprits, ces préjugés viennent s'interposer entre eux, et la vérité, la raison, la sagesse, qui recommandent à la méditation publique ce que je viens de nommer le nouveau droit politique de l'Europe.

Dussai-je encourir l'anathème de la part de ces prédicateurs de désordre et de violence, je vais dire toute ma pensée sur l'origine de cette haute institution, qui change complétement l'œuvre diplomatique des gouvernements, et règle d'une manière admirable les rapports des nations entre elles.

Vous avez certainement conservé le souvenir, mon cher Maréchal, de *cette sainte-alliance* que nous avons, vous et moi, énergiquement maudite à une époque où nous subissions la douleur du plus grand désastre que la France moderne ait éprouvé. Oh ! alors que ni vous ni moi ne pouvions prévoir l'avenir réservé à la civilisation par l'ère de paix dont cette alliance était le premier gage, il était permis à tout cœur français de la blasphémer. Mais vingt-cinq ans de repos, d'ordre européen, de prospérité ; cette longue période remplie par des améliorations de tout genre dans l'ordre politique, dans l'économie sociale, dans le travail, dans les arts, les sciences ; ce temps heureux pendant lequel les peuples se sont rapprochés, se sont mieux connus, ont formé entre eux des liens d'intérêt, de jour en jour plus étroits ; ces vingt-cinq ans, dis-je, ne sauraient être perdus pour la raison et l'expérience ; et aujourd'hui que, plus calmes, plus justes, il nous est permis de méditer sur les causes de cette situation nouvelle, si énormément meilleure que les plus brillantes phases du régime militaire, aujourd'hui nous pouvons tirer de ce contraste les plus utiles leçons.

C'est donc à *la sainte-alliance* que remonte le principe du nouveau droit politique de l'Europe. Quelle en fut la pensée première ? nous n'avons pas à le rechercher ; mais il faut mettre au nombre des considérations qui l'inspirèrent la volonté d'éviter désormais aux peuples ces grandes luttes qui n'avaient pour résultat que de les accabler tour à tour dans les terribles vicissitudes qu'elles présentent. La France les avait foulés tous ; par un retour inévitable, elle devait à son tour être foulée. La guerre, vers laquelle on voudrait la pousser encore aujourd'hui, n'aurait pas d'autre résultat dans ses chances les plus glorieuses : vaincre encore, vaincre longtemps, mais enfin être vaincu ; c'est là l'histoire de l'empire ; c'est celle de tous les peuples conquérants et dominateurs.

Ne trouvez-vous pas admirable, mon cher Maréchal, cette conception d'un droit politique qui place toutes les nations civilisées sous l'arbitrage, la médiation, et au besoin la protection des peuples les plus forts, par conséquent devant être les plus justes ? à défaut de justice, leur intérêt même ne leur commanderait-il pas la modération et l'équité ?

Voyons, par l'application même qui a été faite de ce nouveau droit, si, réellement, il n'a pas rendu à la civilisation , à l'humanité, de bien plus grands services que le droit du plus fort, soumis à tant de retours.

Commençons par la France. Les traités de 1814 et de 1815, conséquence inévitable de nos revers, l'ont replacée dans une situation que l'on nomme indigne, et qui cependant est loin de l'avoir affaiblie. Ils lui ont repris des provinces que la victoire nous avait données, et qui sont complétement étrangères à nos mœurs, à notre langue, à notre nationalité ; ainsi les provinces rhénanes, rentrées sous la domination de la Prusse, étaient et sont restées allemandes dans toute la force du type national.

La Belgique ! oui ce sont aussi de riches provinces; mais leurs mœurs ne sont pas les nôtres ; mais leur nationalité est complétement caractéristique. En un mot, la Belgique veut rester Belgique , comme l'Allemagne veut rester Allemagne : les traités de 1814, de 1815 , ne l'auraient pas réglé, que la sagesse, l'intérêt français , bien entendu , le voudraient encore.

Eh ! bon Dieu ! que sont aujourd'hui ce que l'on

s'obstine à nommer les barrières naturelles; les fleuves, les montagnes, les démarcations géologiques de territoire? Comment ! nos apôtres de liberté et d'égalité en sont encore à parquer les peuples dans des limites toujours étroites, si vastes qu'elles puissent être ! ils ne conçoivent pas d'autre système que de s'arracher violemment quelques lambeaux de territoire; d'imposer à des populations des lois et des mœurs étrangères ! un quart de siècle de paix ne leur a pas appris qu'il s'est constitué entre les nations une communauté d'intérêts, qui, désormais, doit devenir le lien de plus en plus sympathique de cette immense association chrétienne ! Oui, c'est là, sans doute, l'œuvre commencée par cette alliance, justement nommée *sainte*, sinon dans sa conception intime et primitive, du moins dans ses résultats : toutes les déclamations d'un libéralisme caduc ne sauraient altérer l'éclat de cette situation neuve et féconde.

Une grande question de droit public a dû préoccuper les premiers auteurs de *la sainte-alliance*, c'est le principe de *la non intervention :* comment l'accorder avec cette sorte de juridiction arbitrale que les grandes puissances s'attribuaient sur l'Europe entière?

Disons-le : si, comme abstraction , la doctrine de la non intervention doit être réputée inviolable ; en fait, elle perd son caractère absolu, et la maxime cède à l'application. Il est un droit qui les domine tous, c'est celui de la conservation : évidemment, l'intervention d'une nation chez une autre , lorsque celle-ci la menace dans son repos et ses intérêts ; cette intervention est complétement légitime, car elle est dictée par ce même devoir de conservation.

N'en doutons pas : ce fut dans ce devoir que les grandes puissances de l'Europe trouvèrent le motif déterminant de la dérogation au principe de la non-intervention. Maintenir la paix générale, en plaçant l'équilibre de l'Europe sous la garantie solidaire des principales puissances; soumettre chacune d'elles à cette juridiction commune et suprême, qui s'étendrait sur tous les états secondaires ; en un mot, *contenir les forts*; *protéger les faibles* : tel a été le but de ce nouveau droit politique auquel la civilisation allait devoir de si grands bienfaits.

Un immense péril vint menacer cette noble conception politique : c'est la révolution de juillet. En effet, tout était à craindre d'elle, car elle avait remis en fermentation les passions les plus généreuses et les plus subversives. Si les unes excitaient la nation française à ne chercher son agrandissement et sa gloire que dans le développement de ses institutions libérales, de son commerce, son industrie, son agriculture ; dans le progrès des sciences et des arts ; le culte des lettres ; tout ce qui accroît l'ascendant moral d'un grand peuple : d'un autre côté, ces passions que j'ai nommées subversives , cherchaient à s'emparer de l'action révolutionnaire pour renouveler toutes les convulsions populaires de la république, ou les glorieuses violences du régime militaire.

Et comment espérer de conserver la paix au milieu de ce grand conflit national ? qu'allaient devenir cette haute juridiction arbitrale et l'application du nouveau droit politique ? Ce sera une éternelle gloire pour la France, pour son gouvernement, d'avoir su dominer une situation si redoutable. Ce qu'en langage d'estaminet, on nomme une lâcheté, une honte ; en langage de sagesse, de philosophie, de christianisme, c'est, au contraire, un effort magnanime, une œuvre de civilisation. Que n'ont pas gagné toutes les nations de l'Europe dans les vingt-cinq ans de paix que ce système de modération leur a valu, surtout dans les dix dernières années ? Quel puissant lien le crédit public n'a-t-il pas formé entre elles ? Qui peut dire l'accroissement prodigieux de la fortune publique et privée ? Eh bien ! tout cela n'est-il pas le résultat de cette grande pensée d'un droit politique nouveau dont les cinq premières puissances se constituaient les dispensateurs suprêmes, et qui leur créait à la fois, comme arbitres et comme parties, un pouvoir extraordinaire soumis à de grands devoirs ?

Une application bien grave, bien périlleuse, mais dont le succès fait le plus grand honneur à la sagesse des hauts arbitres, c'est la séparation de la Belgique et de la Hollande ; et la fondation du nouveau royaume belge sous la garantie des cinq grandes puissances.

De tous les épisodes enfantés par la révolution de juillet, celui de septembre, que Bruxelles emprunta de Paris, fut certainement le plus considérable. Il ne s'agissait pas seulement de cette nationalité qui se retrouvait après plusieurs siècles d'oppression, et réclamait contre elle en se plaçant sous l'égide de la France ; c'étaient bien la France, l'Europe tout entière que cette régénération violente et téméraire remettaient en question.

Que de difficultés présentait sa solution pacifique ! d'un côté, la Belgique livrée à toute l'ardeur de l'esprit démocratique, exalté encore par le catholicisme le plus absolu. — De l'autre côté, l'irritation de la maison d'Orange, qui en appelait à l'Europe elle-même, pour le maintien du royaume des Pays-Bas, tel que l'avaient constitué les traités de 1814, et de 1815. Ici, la France révolutionnaire, n'aspirant qu'à briser ces mêmes traités et à reconquérir cette Belgique, cette Hollande même, et toutes les rives du Rhin, et l'Allemagne encore, et la Prusse, et l'Autriche, et toute l'Europe!.. Vision sanglante et insensée, qu'un miracle seul avait pu accomplir une fois, et que la France avait enfin expiée ! — Là, ces mêmes nations, qui, ayant réglé les traités, s'étaient obligées à les garantir et par conséquent à les défendre, se préparant à la nouvelle lutte que leur rupture allait engager.

Oui, il a fallu à la France, à l'Europe, bien de la sagesse, de la modération, pour résoudre, sans combat, une question si vive, si irritante; et ceux-là qui ne craignent pas aujourd'hui de traiter d'indigne et d'anti-française la politique qui a concouru à ce grand acte de prudence et de paix, ceux-là comprennent bien mal les véritables intérêts et la véritable gloire de la France.

A ce sujet, mon cher Maréchal, je ne puis m'empêcher de faire ressortir les contradictions flagrantes d'un des esprits, certainement les plus éminents de l'époque : vous avez nommé M. Thiers. Il faisait partie de ce ministère *du 11 octobre,* qui avait courageusement accepté le legs périlleux *du 13 mars.* Casimir Périer, cet illustre auteur de la politique de résistance, avait trouvé dans ses continuateurs de dignes héritiers C'est lui qui, le premier, au nom du gouvernement français, prit part au célèbre arbitrage qui devait prononcer souverainement entre la Hollande et la Belgique ; c'est au cabinet *du 11 octobre* qu'appartient l'honneur d'avoir consommé la haute décision , et de l'avoir exécutée.

Ainsi donc, voilà M. Thiers, membre de ce cabinet, assumant la responsabilité des traités qui ont réglé la séparation des deux royaumes antipathiques, et défendant ces traités à la tribune, avec toute la chaleur d'un patriotisme qui renvoyait à ses adversaires l'accusation d'impéritie et de lâcheté.

Ce n'est pas tout : la Hollande refusa de se soumettre aux résolutions de la juridiction suprême qu'elle-même avait invoquée ; il fallait ou que les grandes puissances cédassent, ou que leur sentence s'accomplît. Qu'arriva-t-il? trois des cabinets arbitres, sur cinq (la majorité) s'opposèrent à l'emploi des moyens coërcitifs ; — les deux autres, celui de

France et d'Angleterre, firent valoir , et avec succès,
la nécessité rigoureuse de cette exécution, sous peine
de voir la Hollande, méprisant une vaine décision,
réengager la lutte avec la Belgique , et faire revivre
ainsi les causes d'une conflagration générale.

Les trois cours du Nord durent accepter, ou, plutôt, subir les conséquences logiques de la décision
commune; et, chose remarquable , on vit alors la
Russie et la Prusse, qu'une alliance intime unit à
la maison de Nassau, la laisser livrée à l'emploi de
la force qui devait la contraindre. C'est ainsi que la
paix , cette bienfaisante paix, fut maintenue par la
probité des cabinets du Nord, la valeur et la magna-
nimité de la France.

Qui l'eût cru alors, mon cher Maréchal, que ce
même ministre du 11 *octobre*, ce même patriotisme
instruit à l'école du pouvoir ; ce même M. Thiers,
enfin, viendrait plus tard renier son œuvre, et demander à cette même tribune la rupture de ces mêmes traités qu'il avait si éloquemment, si courageusement défendus? Voilà, cependant, le triste spectacle que nous a donné l'homme du pouvoir, devenu
l'homme de l'opposition! Lui, qui s'indignait noblement contre cette politique déloyale et aventu-
reuse, qui se joue des traités et prétend les briser au

risque de rallumer pendant un demi-siècle encore le feu de guerres désastreuses.

M. Thiers porte cruellement la peine aujourd'hui de cette déplorable contradiction. Le voilà rentré au pouvoir : il en est l'inspirateur suprême ; il devait s'attendre à voir cette même opposition, dont il s'honore d'être sorti, lui demander l'application immorale et provocatrice d'une politique qui ne respecte rien, n'écoute que ses passions et ses haines.

Mais, dira-t-on, pourquoi récriminer sur une question résolue ? ce sont là des *des faits accomplis* qui n'appartiennent plus qu'à l'histoire. Des *faits accomplis !* Tel est l'argument commode que l'on oppose aux principes les plus élémentaires de la politique et de la justice.

Ainsi, un nouveau droit public a été institué en Europe pour régler, par les moyens de la prudence et de l'équité les difficultés qui peuvent surgir et menacer la paix générale.—La France a accepté sa part de la juridiction suprême ; elle a montré, par sa modération et sa noblesse, comment elle comprenait une mission si haute. Des traités ont été contractés ; des décisions ont été rendues : acceptés ou subis, ils ont été loyalement exécutés ; et c'est là la politique qu'il faut flétrir ! et l'on en appelle à l'honneur et à la dignité de la France! Mais en quoi donc consistent l'honneur, la dignité des peuples, si ce n'est à garder la foi des promesses, à remplir la valeur des engagements?

J'ai dû insister fortement, mon cher Maréchal, sur la première et grave application du nouveau droit politique de l'Europe, parce que c'est là un des griefs les plus bruyants d'une opposition altière et querelleuse. Mais la pensée qui m'a inspiré ces réflexions ne s'arrête pas à ce *fait accompli* ; elle embrasse toutes les questions qui rentrent sous la juridiction arbitrale et souveraine, régulatrice de ce grand droit international ; nécessairement, elle s'empare de la question d'*Orient*, devenue la pierre de touche de la situation actuelle.

J'avais à établir, par un précédent considérable, la faute, irréparable peut-être, qui a été faite par le gouvernement français, de s'être séparé de ses co-arbitres, sur la difficulté qui demandait le plus sa présence dans l'examen du débat et la solution du litige.

APPLICATION

DU NOUVEAU DROIT POLITIQUE

DE L'EUROPE.

PARIS. — Imprimerie C. BAJAT, rue Montmartre, 131.

APPLICATION

DU NOUVEAU DROIT POLITIQUE

DE L'EUROPE.

TROISIÈME LETTRE.

MON CHER MARÉCHAL,

L'Europe a un grand problème à résoudre : c'est celui de savoir si un peuple, qui a figuré pendant de longs siècles comme un des grands éléments des forces politiques du monde, doive être absorbé par le mouvement de civilisation, dont l'ascendant devient de jour en jour plus irrésistible. Ce peuple a cependant conservé son type primitif, sa croyance religieuse, ses mœurs même, quoique dégénérées : comment se fait-il donc que depuis longtemps il languisse ; qu'en ce moment, il se meure, et qu'il semble n'attendre que sa fin ?

Je n'entreprendrai pas de suivre les phases de cette longue et progressive décadence. La nation musulmane subit le sort de toutes les nations; elle a brillé autant, plus qu'aucune peut-être; mais du jour où cet éclat s'est affaibli, elle a suivi, comme toutes, cette marche de dégradation qui se termine par une disparition complète de la grande scène du monde. Ainsi les Grecs du paganisme; les Romains, pour ne pas remonter vers une plus haute antiquité.

Laissons donc aux fastes immenses de l'histoire les faits qui ont conduit les peuples musulmans jusqu'à l'état de langueur mortelle où ils sont arrivés; ne nous occupons de ce puissant trône des Osmanlis, que le dernier sultan avait généreusement entrepris de régénérer; ne nous en occupons, dis-je, que dans ses rapports avec le maintien de l'équilibre européen, condition de la paix générale.

Oui, certes, l'existence, même nominale, de cet empire est encore une des grandes conditions, la première peut-être, de cet équilibre, de cette paix desquels dépend le progrès de la civilisation.

De toutes les nations de l'Europe, la Porte ottomane est celle qui relie à elle les plus nombreux, les plus grands intérêts internationaux. Quelle admirable position ! le Bosphore est la clé de deux mondes ; il unit l'Europe à l'Asie. Par lui, la Méditerranée, cet admirable lac qu'entourent les contrées les plus fertiles, voit s'écouler ses riches produits. Cet autre lac, qui reçoit les belles et fortes productions du Nord, la Mer Noire, les transporte à ce même Bosphore. Un grand fleuve, qui traverse plus de la moitié de l'Europe, y verse aussi les richesses territoriales et industrielles de ses rives fécondes et des nombreux états qu'il traverse. Tout, enfin, se réunit pour faire de Constantinople le point de jonction et l'entrepôt de ces innombrables trésors que deux mondes échangent sans cesse.

Aussi, avec quelle sollicitude inquiète, les grandes puissances de l'Europe veillent sur l'indépendance de ce magnifique bazar, qui ne doit appartenir à aucune d'elles. Vainement la Russie, ce vaste colosse dont la force s'accroît tous les jours, et dont l'ambition s'accroît avec la force, a enlevé à la Turquie d'Europe ses plus riches provinces, et exerce un protectorat tout puissant sur les principautés suzeraines; elle sait bien que là doit s'arrêter son usurpation, et que le jour où elle menacerait Constantinople, les quatre nations rivales se lèveraient contre elle.

L'Angleterre, surtout, s'irrite à la seule idée d'un envahissement, lorsque déjà la Russie s'étend d'une manière si alarmante pour elle en Asie.

La France n'a pas un moindre intérêt à s'opposer à ce que la domination moscovite s'établisse sur le Bosphore ; c'est pour elle aussi un cas flagrant de guerre.

De son côté, l'Autriche ne souffrira jamais que le cours et les bouches du Danube appartiennent à sa formidable voisine, qui a reculé si démesurément ses limites.

Enfin, la Prusse, sans avoir un intérêt aussi direct que l'Angleterre, la France et l'Autriche à surveiller et, au besoin, à combattre une si grande, si dangereuse extension de puissance, s'unira toujours à l'Autriche, même à la France, pour contenir la Russie. Ainsi donc, et par le seul contre-poids de l'intérêt rival des cinq puissances, la Turquie d'Europe doit vivre encore de cette vie languissante qu'on lui laisse, jusqu'au jour où une conflagration formidable viendra définitivement l'absorber. Ce jour n'est pas arrivé encore.

Un incident considérable peut le hâter, comme le retarder longtemps : je veux parler de l'Egypte. Là, par une contradiction glorieuse, l'islamisme.

qui périt à Constantinople, rajeunit au Caire et à Alexandrie. Un vieillard, plein de sève encore, qui a hérité du génie des Sélim et des Soliman, s'est affranchi d'une tutelle impuissante. Il a organisé l'Egypte, lui a imprimé une impulsion féconde et ravivé ses forces épuisées ; il a créé enfin, et mérité par là son émancipation. Une faute bien grande de son maître, de ce Mahmoud qui, lui aussi, avait noblement conçu la régénération de l'empire ottoman ; cette faute, que le sultan a payée de sa vie, c'est de ne pas avoir compris toute la force que l'empire pouvait tirer du puissant vassal. Il l'aurait reconnue sans doute, grâce à la supériorité de sa raison, si des conseils intéressés et désastreux ne l'avaient égaré.

C'est ici qu'il faut signaler la funeste influence de la politique anglaise ; politique avide et aveugle, qui n'a pas su prévoir qu'en affaiblissant l'empire, elle favorise l'ambition de sa dangereuse rivale. Je ne crains pas de le dire : la passion vindicative de Lord Ponsonby a plus fait de mal à Mahmoud et à son débile successeur, que toutes les usurpations de la Russie ; et ce mal retombera sur l'Angleterre elle-même, juste punition de sa diplomatie déloyale et imprévoyante.

Veut-on des faits ?

N'est-ce pas l'Angleterre, ou Lord Ponsonby, qui à poussé Mahmoud contre Méhémet—Ali, pour reconquérir l'Égypte, ou du moins, humilier le vassal rebelle? On connaît le résultat de la lutte : la victoire de *Koniah* eut mis le vassal à la place du maître, sans la sage modération du premier, ou la crainte que lui inspira la rapide intervention de la Russie.

Koniah a donné son nom au traité qui a investi Méhémet-Ali, en outre de l'Egypte, de la possession de la Syrie et des villes saintes. Le Taurus sert de limite à cette belle et riche vice-royauté. Eh bien ! L'intérêt sagement entendu de la puissance du sultan s'accordait avec le pouvoir que la conquête avait donné au vassal victorieux. L'empire ottoman, dans cet état d'énervation où il est tombé, ne pouvait suffire à l'action vigoureuse qui était nécessaire pour maintenir sous sa loi de nombreux et puissants pachalis; aussi, tous les jours des révoltes : tantôt la *Servie*, tantôt l'*Albanie*. Dès longtemps l'Egypte affranchie. La Moldavie et la Valachie ne présentant qu'une vaine suzeraineté ; enfin, tous les fragments épars de ce grand corps, qui s'épuisait inutilement pour les forcer à rentrer sous sa domination.

Sans doute, il était d'une sage politique, de la part du sultan, de donner à la vice royauté d'Egypte et de Syrie, la sanction qui en eût fait la partie la plus ferme et la plus sûre de la puissance Ottomane. C'est là ce que la France, si noble, si désintéressée dans ses rapports internationaux, n'a cessé de conseiller au sultan ; c'est là, aussi, ce que l'Angleterre, dans sa politique d'intérêt, eût dû comprendre ; car, en affermissant l'empire par l'administration intelligente, active, énergique de l'Egypte et de la Syrie, elle éloignait les chances de destruction qu'attendait l'ambition de la Russie.

Mais savez-vous ce qui a égaré l'Angleterre ? c'est cette basse envie qu'elle a de la France ; c'est cette haine étroite et persévérante qui survit à nos longues guerres ; c'est l'inquiétude que lui donne le développement de notre commerce extérieur, de notre industrie ; c'est l'accroissement de notre influence maritime ; c'est Alger ; c'est notre action toujours plus grande, plus prépondérante dans cette belle et féconde Méditerranée, qui ne doit pas être un lac uniquement français, mais sur lequel, du moins, la France est appelée à exercer une généreuse suprématie.

N'en doutez pas, mon cher Maréchal, voilà le secret de la politique anglaise dans la question d'Orient ! voilà la cause des malheureuses suggestions de Ponsonby auprès du trop confiant Mahmoud, et qui, après le revers de *Koniah*, l'ont conduit aux désastres de *Nézib*, c'est-à-dire à la ruine et à la mort.

Cet exposé rapide était nécessaire pour établir le point de départ de la diplomatie européenne, dans le soin apparent qu'elle se donne de maintenir la conservation de l'empire ottoman. Il est parfaitement certain pour moi que c'est l'Angleterre, ou plutôt lord Palmerston, qui a entraîné les trois puissances, co-signataires du traité du 15 *juillet*, dans cette pensée secrète qu'on retrouve toujours au fond de l'orgueil britannique : la jalousie contre la France. C'est ce sentiment étroit et indigne d'une grande nation qui domine la situation politique de l'Europe. Funeste anachronisme ! dont les peuples portent la peine, et qui compromet les rapports de confraternité auxquels vingt-cinq ans de paix avaient déjà donné tant de force.

Cependant, que l'on compare la conduite des deux cabinets anglais et français, et que l'on juge : l'un excitant sans cesse à la guerre le sultan contre Méhémet-Ali, et consumant ainsi en efforts, en sacrifices inutiles les dernières ressources de l'empire ; l'autre, au contraire, s'efforçant de faire comprendre à Mahmoud, comme à son fidèle successeur,

tout ce qu'il peut recueillir de forces de l'affermissement de l'heureux vassal. Là, lord Ponsonby, fomen-
tant des insurrections en Syrie ; ici, l'illustre chef du
cabinet du 12 *mai* arrêtant, par ses rapides conseils,
par son énergique intervention, Ibrahim victorieux,
et prévenant ainsi la destruction de l'empire..

Ici, se place la seule faute, le seul tort du gouvernement français : c'est d'avoir déserté les principes qui ont servi de base au nouveau droit politique de l'Europe. Pourquoi se retirer de la haute juridiction arbitrale ? Pourquoi se départir et laisser le
champ libre à l'Angleterre ? La France, si justement respectée de l'Autriche et de la Prusse, si sûre
de son ascendant tant qu'elle ne prétendra l'exercer que par la seule voie de la raison, de la modération et de la justice ; la France, que la Russie, elle-
même, ne peut s'empêcher d'honorer alors même
qu'elle s'est momentanément écartée d'elle ; la
France, dis-je, n'aurait-elle pas balancé avec succès,
dans les débats que soulève le vaste litige, le mauvais vouloir du cabinet anglais et l'esprit hautain et
rétrograde qui ne sait voir en elle qu'une rivale ?

Oui , je le dis encore à regret , mon cher Maréchal, cette retraite, cette brèche, faite au grand
principe politique qui a constitué le nouveau droit

international, sont une faute et un tort que je reproche à nos gouvernants et qui ont produit la situation actuelle. Auquel de nos derniers cabinets
doit-on les faire remonter? C'est un examen facile
à faire — : il est juste que chacun réponde de ses
œuvres.

Je ne pense pas que, malgré tous les griefs qu'on a
élevés contre le ministère du 15 *avril*, on aille jusqu'à lui imputer celui d'avoir méconnu les traités
et de s'être séparé des quatre grandes puissances
dans la solution des questions capitales qui touchent
au maintien de l'équilibre de l'Europe. La coalition
lui a fait le reproche contraire, devenu le thème ba-
nal de toutes les diverses oppositions.

Le cabinet du 12 *mai*, dont la politique dans la
question d'Orient a été si active et si loyale, a peut-
être à s'accuser de n'avoir pas été conséquent avec
ses premières démonstrations diplomatiques. D'a-
bord uni, sinon d'opinion, du moins de volonté,
quant au désir de résoudre en commun le problème
de la conservation de l'empire ottoman, il a paru
s'éloigner des négociations collectives, à la vérité
sans rompre définitivement avec la conférence; ce
n'était encore qu'une dissidence.

Mais la conférence avait elle-même à se reprocher

de ne pas s'être constituée en juridiction suprême, comme pour la solution de la question *hollando-belge*; de n'avoir pas établi le siége de ses délibérations pour y procéder d'une manière régulière. Certainement, alors, si l'arbitrage eût été ainsi organisé et suivi, le cabinet français, une fois lié par le compromis, n'eut pas songé à décliner son engagement. Il ne l'a pas fait pour la Belgique qui touche la France de si près : il a été fidèle, loyal, généreux ; sans nul doute, il l'eût été encore comme il le sera toujours. C'est donc dans l'irrégularité, je dirais presque l'illégalité de la conférence, aux termes du nouveau droit public, que se trouve la justification de l'éloignement momentané du cabinet du 12 *mai*. Cet éloignement n'avait rien d'absolu ; et il eût cessé le jour où la conférence eût invoqué les précédents et s'y fût, la première, conformée.

Le ministère du 1 *mars* n'a-t-il pas, comme il prétend dans son *memorandum*, dépassé la limite de la dissidence qu'avait tracée son prédécesseur ? Je ne puis, pour ma part, accepter le rôle de *continuateur* dans lequel il prétend se renfermer, alors qu'au contraire, ses organes le représentent comme le premier cabinet ferme et national qu'ait eu la France. Quant à moi, je pense que M. Thiers, loin d'être le continuateur de l'illustre maréchal (Je ne suppose pas qu'en fait d'héritage, il ait l'ambition d'aller jusqu'à M. Molé) ; je pense, dis-je, que M. Thiers est allé bien au-delà de la sage et énergique réserve que le chef du cabinet du 12 *mai* avait cru devoir adopter, et qui eût cessé dès l'instant que la conférence se fût établie régulièrement et dans les termes du droit international devenu l'arbitre de l'Europe.

L'examen de cette proposition sera l'objet d'une nouvelle lettre, mon cher Maréchal. Elle ne se bornera pas à la question d'Orient ; elle embrassera l'existence tout entière du cabinet du 1er *mars*, essentiellement dans la personne de son chef éminent. Ce sera une étude intéressante et instructive.

M. THIERS

ET LE MINISTERE DU 1er MARS.

QUATRIÈME LETTRE.

MON CHER MARÉCHAL,

J'espérais, en ouvrant avec vous ces communications intimes, destinées cependant à la publicité, rester en face de M. Thiers et de son ministère. Je regrette beaucoup de ne m'adresser qu'à un pouvoir absent, car la vérité et la raison aiment à parler en face ; mais l'instant qui l'a séparé de nous en est si près encore, qu'il est permis, sans anachronisme, d'examiner quelle a été l'influence de M. Thiers sur la situation de la France à l'intérieur et à l'extérieur, dans son nouveau et rapide passage à la direction suprême des affaires.

Ce n'est pas une chose facile que d'analyser cette nature singulièrement complexe, et qui, bien jeune encore, a su s'emparer deux fois du gouvernement d'une nation comme la France. Je suis obligé de reprendre d'un peu haut cette analyse qui est de l'histoire, et de l'histoire profondément instructive.

Je passe rapidement sur les premiers temps de la vie politique de M. Thiers; à l'époque où il faisait ses premières armes contre le pouvoir, dans la presse de l'opposition. Son ardeur révolutionnaire allait croissant en raison de l'action contre-révolutionnaire : ainsi, du *Constitutionnel* il passait au *National*.

Quand vint la révolution de 1830, une modification de principes, qui fait infiniment honneur à l'esprit pénétrant de M. Thiers, se révéla en lui. Il fallait opter entre le mauvais libéralisme, et pis encore, le radicalisme ; entre des programmes abstraits ; *un trône entouré d'institutions républicaines* ; aller même jusqu'à la république pure ; ou se tenir à la monarchie constitutionnelle, vraie, possible, pratique. Et, pour cela, il fallait, ou étouffer le trône, sous ces institutions radicales, ou donner à l'organisation nouvelle,

profondément libérale, l'appui permanent, perpé-
tuel d'une royauté toute nationale.

De ce moment, une nouvelle lutte s'engagea. Ce n'é-
tait plus la liberté s'élevant contre les envahissements
de la vieille monarchie et de l'esprit ultramontain;
c'était le pouvoir le plus généreux , le principe de
royauté le plus large, se défendant contre les théories
fausses et irritantes, contre les attaques ardentes, dé-
sespérées des partis. Encore une fois, il fallait opter.

C'est ici que se place l'acte de résolution qui fait
à M. Thiers le plus grand honneur et justifie la
longue faveur dont il a joui dans l'opinion publique,
celle de l'immense majorité de la France ; celle, enfin, qui a si énergiquement, si heureusement prévalu depuis dix ans. Tandis que ses prémisses politiques devaient logiquement produire des conséquences révolutionnaires, M. Thiers eut alors l'ex-
cellent esprit de s'en dégager. Il comprit admirable-
ment que le temps de détruire était accompli, et
que celui de conserver, d'affermir était arrivé. Il
vit qu'au lieu de pousser en avant, il fallait, sinon se
porter en arrière, du moins s'arrêter ; et que, pour
s'arrêter, il fallait résister. De là, sa coopération au
travail de résistance, entrepris si courageusement
par Casimir Périer. De là, ce 31 *mars,* ce 11 *octo-*

bre, dates mémorables que le pays a inscrites dans ses fastes les plus sages , les plus glorieux.

Toute cette partie de la vie politique de M. Thiers, comme homme d'état, est irréprochable : pourquoi faut-il que celle qui l'a suivie en détruise les excellents effets, et, par conséquent, en fasse oublier le mérite ? Hélas ! je crains bien que le beau rôle ne soit déjà fini, et que le mauvais n'entraîne désormais M. Thiers d'égarement en égarement.

Nous arrivons à la seconde phase gouvernementale de M. Thiers, à sa séparation du parti conservateur ; je viens de dire que sa nature est complexe. A côté d'une admirable faculté de perception, d'une volonté du bien , noble et ferme , se trouvent une instabilité de vues et de conduite, une une ambition au-dessus de tout. Tant que ces ardens mobiles ont été contenus dans un ministère fort et résolu, qui a lutté contre de grands obstacles, les seules hautes qualités de M. Thiers ont prévalu : il a été parfait de sagesse et de courage.

Du jour, au contraire, où un déplorable accident politique l'a fait sortir de cet ensemble et l'a porté à la tête du pouvoir;—fatale pensée de conversion des rentes, que de mal tu as fait à la France ! ; — de ce jour, la mauvaise partie de son organisation morale a pris le dessus, et l'a poussé hors des voies conservatrices, pour le lancer dans celles du plus mauvais libéralisme, des préjugés révolutionnaires, c'est-à-dire, dans les voies du désordre et de la destruction.

Combien est grand l'effort qui maintient l'homme dans le vrai, le juste, l'utile! combien, au contraire, est rapide la pente qui l'entraîne vers le mal! — Voyez M. Thiers, directeur suprême du pouvoir au 22 *février*; héritant du 11 *octobre*, de lui-même; voyez-le, s'honorant de ce glorieux précédent; le présentant comme gage à la confiance du pays et du trône; et cependant, par une première contradiction, jetant les bases de son alliance avec l'opposition systématique des programmes.

Oui, certes, il y avait dans cette pensée d'alliance une grande et profonde vue politique; c'était la conversion de cette opposition bruyante et immobile; c'était son retour aux principes de l'ordre, de la conservation, des progrès paisibles, successifs. Je veux rendre toute justice à M. Thiers : là, sa bonne nature l'a inspiré encore. Je crois qu'il avait conçu alors la généreuse, la patriotique espérance de rallier toutes les opinions monarchiques et constitutionnelles; et, pour personnifier l'opposition qui se qualifie de *dynastique* par un nom, je suis convaincu que *M. Thiers ne voulait pas aller à M. Odilon-Barrot, mais amener M. Odilon-Barrot à lui.*

Ce fut là le beau coté du cabinet *du 22 février*.... L'illusion ne dura pas. L'esprit impatient, aventureux de son chef l'emporta bientôt. De ce moment, s'engagea une dissidence avec la couronne, dissidence constitutionnelle sans doute, quand elle est le résultat d'une conviction loyale et désintéressée ; mais qui devient extra-parlementaire, oppressive, et par cela même audacieuse, quand elle n'a pas pour mobile qu'une ambition sans frein, pour laquelle le trône lui-même peut devenir un obstacle. Suivons toujours.

Il n'entre pas dans mon sujet, mon cher Maréchal, de faire l'histoire des trois ministères *du 6 septembre*, *du 15 avril*, *du 12 mai*, qui ont succédé à celui *du 22 février*. — Ces dates sont significatives par les noms qu'elles rappellent. Hâtons nous d'arriver à la nouvelle apparition de M. Thiers sur les avenues du pouvoir, et à sa nouvelle conquête.

Entre la vacance et la possession, il s'est passé un fait bien grave, qui a une haute portée comme conséquence morale, et dont l'explication, quoique restée dans les régions les plus élevées et les plus profondes du pouvoir, me paraît résulter du fait en lui-même.

Vous vous rappelez, mon cher Maréchal, les rapports politiques, étroits, intimes, qui s'étaient formés entre M. Thiers ayant opéré sa dévolution vers la gauche, et MM. Passy, Dufaure, appartenant au centre gauche pur et sincère.—Les efforts qui furent faits entre les hommes éminents de cette doctriue mixte et respectable à laquelle avaient appartenu, dans d'autres temps, les Royer-Collard, les Camille-Jordan, les Foy, les Constant, les Périer; ces efforts, ayant pour but de former entre eux un pouvoir homogène, pour l'offrir à la confiance du trône et du pays, n'eurent pour résultat définitif qu'une rupture éclatante.

Pourquoi M. Passy, M. Dufaure, M. Teste, et les principaux membres du centre gauche se séparèrent-ils de M. Thiers? Pourquoi, en même temps qu'eux, l'illustre Maréchal, qui devait servir de clé de voute à cette combinaison de talents et de patriotismes, appelés à faire leurs preuves dans l'exercice du pouvoir; pourquoi l'illustre Maréchal fut-il amené à dire que, *désormais, il existait entre M. Thiers et lui un abîme infranchissable?* Ne cherchons pas à pénétrer les causes de ces dissentiments assez profonds pour devenir *un abîme*. Aimons à nous persuader qu'entre ceux qu'il séparait sans retour, il n'y avait que difficulté de s'entendre, incompatibilité d'humeur. Laissons aux actes encore le triste soin de nous désabuser.

Cependant que faisait M. Thiers pendant sa période d'opposition ? Contre qui les nombreux organes qu'il avait enrôlés sous sa bannière élevaient-ils chaque jour la voix , soulevaient-ils toutes les résistances, toutes les haines ? Contre le gouvernement *personnel*; *la pensée immuable*, désignés sous le nom de : *Parti de la cour.*—La coalition l'avait pris pour prétexte ; M. Thiers devait en hériter de la coalition, et la faire servir elle-même à son triomphe. Ce triomphe a été et devait être complet. *Le gouvernement personnel, la pensée immuable, le parti de la cour*, furent vaincus : le parti *parlementaire*, personnifié en M. Thiers, leur arracha le pouvoir. Quel usage allait-il en faire ?

Voyez le triomphateur se glorifiant à la tribune d'être sorti de l'opposition. Entendez-le annoncer à la France, à l'Europe que , désormais, la célèbre maxime, *le roi règne et ne gouverne pas*, va recevoir sa plus parfaite application ; qu'au dedans le pays s'avance dans une voie de progrès et de probité politique ; qu'au dehors, il reprend tout son ascendant et sa dignité.—Quel concert d'acclamations de la part de cette presse, naguère hostile au trône, au pouvoir, à l'administration ! M. Thiers n'est pas le Christ encore, le rédempteur de la liberté : c'est l'heureux précurseur de M. Odilon-Barrot, dont il prépare la venue. Grâce à ce prestigieux saint Jean, toutes les difficultés de l'œuvre sociale vont s'aplanir ; la paix entre les partis va être jurée ; le paradis *parlementaire* s'entr'ouvre déjà.

Rendons hommage à M. Thiers : il a rendu à la France le plus grand service qu'elle ait reçu encore d'aucun de ses hommes d'état, depuis la révolution de Juillet. Il a détruit le prestige qui s'attachait à cette opposition creuse et stérile qui vivait de maximes et de déclamations ; enfantait des programmes ; rendait des comptes au pays ; trônait aux banquets patriotiques. Quelle admirable métamorphose !

Quoi ! tout ce qu'elle avait maudit alors que M. Thiers était partie d'un pouvoir conservateur : *les fonds secrets ; les subventions de la presse ; les lois préservatrices du trône, les lois de septembre ; les crédits extraordinaires ; jusqu'aux fortifications de Paris ;* tout ce système *de corruption, de séduction, de répression impitoyable ;* tout cela devient parfait de probité, de sagesse, de

justice, pratiqué par M. Thiers! Certes, c'est là une
une des plus excellentes parades de notre scène politique; c'est la plus instructive leçon que pût recevoir le pays, qui s'était pris à ces charlatanismes
de l'opposition. Et, disons-le en son honneur et pour
rendre cet enseignement plus piquant, plus mémo-
rable encore : jamais ministère, quel qu'il fût, ne
s'est plus moqué du grand mot *parlementaire* qu'il
avait si fort exalté, aux grands applaudissements de
cette opposition si sévère, de ces Caton du compte-
rendu.

Ne croyez pas, mon cher Maréchal, que j'en-
tende par là blâmer le gouvernement de M. Thiers
d'avoir pris sur lui de grandes mesures pour faire
face à ce qu'il croyait être de grands devoirs. Je l'en
loue, au contraire, et j'applaudirai toujours au pouvoir, qui, ayant le sentiment de sa mission et de ses
droits, s'emparera avec résolution de la direction
des affaires; rendra vaine cette autre initiative,
présomptueuse et stérile, du clocher qui embarrasse
et retarde l'œuvre législative. En bon droit constitutionnel, c'est au gouvernement seul que devraient
appartenir la préparation et la présentation des lois,
parce qu'il a pu les étudier, les approfondir, les
coordonner; c'est au pays, représenté par les deux

chambres, que doit être réservé le droit de débattre ces projets et de prononcer sur eux. Voilà la marche rationnelle et véritablement utile.

Mais si je félicite le cabinet *du 1er mars*, d'avoir hardiment et largement usé de son droit, cette hardiesse, cette ampleur, ne sont pas moins un des plus curieux spectacles, en présence de *cette omnipotence parlementaire*, que l'opposition faisait sonner si fort et du haut de laquelle elle posait contre tous les autres ministères. Encore une fois, c'est un fort piquant enseignement pour les bonnes gens qui prennent au sérieux les harangues pompeuses de la tribune, et la réthorique flamboyante de la presse ; c'est là ce que j'ai nommé un des plus grands services que M. Thiers ait pu rendre à la cause de la raison et de la vérité. — Mais ce qui complétera l'instruction, c'est de voir cette opposition, devenue si débonnaire en faveur du seul M. Thiers, se prendre de nouveau de belle passion pour *le principe parlementaire*, et se donner encore les grands airs de l'incorruptibilité. Elle le fera, soyez-en sûre, parce que c'est là son rôle ; parce qu'elle est condamnée à le jouer tant qu'elle trouvera des dupes, et elle en trouvera toujours.

Je me suis étendu, mon cher Maréchal, sur ce

côté si remarquable de la situation *parlementaire*, telle que M. Thiers l'a faite, parce qu'elle peut avoir de bien importants résultats, si le parti conservateur sait profiter des avantages que ce très habile prestidigateur lui a ménagés, en *démolissant* moralement l'opposition. Je la défie de pouvoir dire deux paroles sérieuses sur les questions dont elle avait fait ses textes favoris : *les fonds secrets*, par exemple, *le système de corruption*, et autres thèmes à l'usage des faiseurs d'embarras, et qui font si bien sauter les moutons de Panurge. Sous ce point de vue donc, le cabinet *du* 1ᵉʳ *mars* a bien mérité du pays.

Il me reste à examiner rapidement ses œuvres à l'extérieur ; c'est ici que ma tâche devient délicate et difficile.

L'ambition de M. Thiers part d'un principe, fort noble en soi ; il dit : « Je suis un homme de *la révo-* « *lution* ; je m'en fais gloire... *L'étranger* craint « notre révolution ; par conséquent il me craint, « donc, pour l'honneur de la France, et pour mon « honneur, je dois, je veux m'imposer *à l'étranger.* » Voilà qui est fier, voilà qui est *Français*. Aussi, les trompettes de la renommée de sonner, et la France d'applaudir.

Mais il n'y a qu'une difficulté à cela, c'est que

M. Thiers se trompe complétement sur les disposi-
tions de *l'étranger* qu'il ne connaît que par les li-
vres et la diplomatie. Si *l'étranger* a longtemps re-
douté notre révolution, c'est quand elle renversait
tout en France et débordait au dehors; c'est quand
l'Empire, après l'avoir vaincue, et avoir replacé la
société sur des bases nouvelles et profondes, œuvre
admirable de force et de génie, abusait de sa puissance et de sa gloire.

L'étranger a encore frémi de crainte à l'explosion
redoutable de juillet, parce qu'il ne pouvait pas
croire à la modération, à la sagesse de la France,
après cette grande et dernière péripétie révolutionnaire. Alors, certainement, *l'étranger* a vu avec
effroi des hommes qui, comme M. Thiers, s'honorant d'être sortis de ce long enfantement de la France
nouvelle, étaient portés par la situation, ou leur
mérite, leur patriotisme, à la tête des affaires : ainsi,
les *Laffitte*, les *Périer*, les *Soult*, les *de Broglie*, les
Molé, et à côté d'eux les *Guizot*, tous ces noms
éminents de la plus haute région politique.

Mais lorsque ce même *étranger*, si justement
alarmé, a vu sortir d'une situation si vive, si palpi-
tante, un système d'ordre, de paix, de travail;
lorsqu'au lieu d'une nouvelle agression il a vu la

France proclamer le respect des traités ; s'efforcer de contenir des passions ardentes et subversives ; lorsque dix ans d'épreuves ont manifesté d'une manière éclatante la volonté de l'immense majorité du pays ; lorsqu'à sa tête l'*étranger* voit une dynastie neuve et toute française, dont le chef offre la réunion des plus hautes vertus ; lorsqu'enfin la France a donné les gages les plus magnanimes de son désintéressement, pourquoi voulez-vous que l'*étranger* la craigne encore ? L'admirer, la respecter, oui ; mais la craindre, non.

Voici ce que l'Europe appréhende, et elle a raison : M. Thiers, cet enfant de la révolution, qui a tant de raison de glorifier son origine ; M. Thiers qui a su longtemps vaincre les mauvais penchants de sa formidable mère, pour n'en suivre et faire triompher que les bons ; M. Thiers, qui a eu le courage de se séparer d'elle lorsqu'il l'a vue, sous un pouvoir faible, se laisser entraîner vers de nouveaux emportements ; M. Thiers qui, ministre *du* 11 *octobre*, a combattu avec tant d'énergie et de constance contre elle-même ; M. Thiers ne s'est pas contenté de tant de succès, je dirai presque de tant de gloire ; il a voulu, à lui seul, diriger la France, il a eu la témérité de se croire la suprême sagesse, le suprême patriotisme ; M. Thiers s'est vu, deux fois, contraint de résigner le pouvoir.

L'ange déchu n'a pas su se soumettre ; il s'est révolté contre lui-même ; il a renié son passé de modération, de prudence, de courage; il a voulu reconquérir la France ; reconquérir l'Europe ; être le maître au dedans et au dehors. — Il est tombé encore; il devait tomber.

Que d'erreurs, d'illusions, de fautes accumulées en si peu de temps ! — Ce même homme qui, aux jours de sa sagesse, de sa loyauté gouvernementales, proclamait hautement la foi due aux traités, les défendait noblement à la tribune ; ce même homme, devenu chef d'opposition, se vantait d'en avoir secrètement prescrit la rupture, et accusait de lâcheté, de trahison, ceux-là qui avaient religieusement gardé cette foi ! —Ce même homme, qui fut l'un des plus énergiques gardiens du trône, un des plus résolus dépositaires du pouvoir, ce même homme devient l'un des plus hardis assaillants du trône, le plus actif adversaire du pouvoir. — Et lorsqu'il a vaincu le trône et reconquis le pouvoir ; lorsqu'il a mis en jeu pour en triompher toutes les mauvaises passions révolutionnaires, et fait sonner la charge sur tous les tons, par tous les clairons du libéralisme ; lorsqu'il est le maître absolu de la position, il s'étonne et s'indigne que *l'étranger* craigne de nouveau la révolution dont il a repris les allures, emprunté le langage, surexcité l'ardeur !

Oui, sans doute, *l'étranger* a dû redouter *la France de M. Thiers* ; non plus la France de *juillet*, mais la France de *mars*, parce qu'elle remettait en question ce que cinquante ans d'efforts et de sacrifices avaient résolu; parce que, par M. Thiers, et malgré M. Thiers une étincelle pouvait embraser encore la France et l'Europe. Qu'il ne s'en prenne donc qu'à lui-même de la défiance qui l'a accueilli partout, et du mauvais succès de sa dictature. Il subit la position qu'il s'est faite, ou, pour mieux dire , que *sa presse* lui a faite. Il a cru pouvoir impunément s'en servir pour battre en brèche jusqu'au trône lui-même; mais l'arme à double tranchant l'a atteint aussi , et la blessure est peut-être incurable.

Dans ma première lettre , je parlerai de cette presse *libérale,* et *patriote* par excellence : il me sera facile de démontrer que c'est à elle que M. Thiers doit son déplorable égarement, et la position dans laquelle il a placé la France en face de l'Europe.

PARIS. — Imprimerie de C. BAJAT.

DE LA PRESSE

LIBÉRALE ET PATRIOTE.

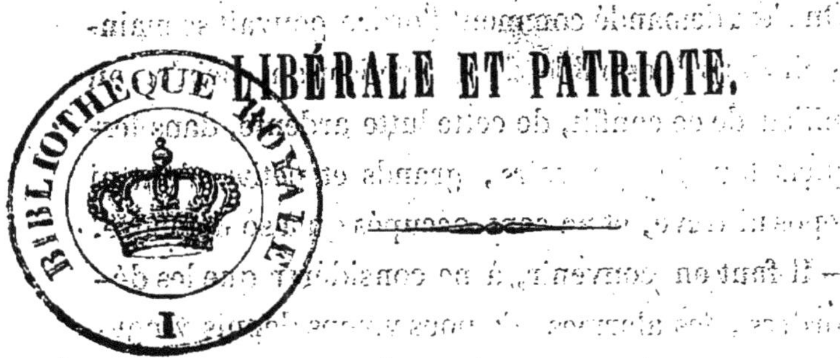

CINQUIÈME LETTRE.

MON CHER MARÉCHAL,

Je viens affronter aujourd'hui une bien redoutable
puissance, la *Presse*, et qui pis est, la presse *libérale*
et *patriote*. Un homme de beaucoup de sens et de
cœur l'a plaisamment définie, *la tyrannie de l'écritoire*. — C'est donc de cette puissance ou de cette
tyrannie que je vais parler, sans trop m'effrayer de
la colère de *messeigneurs*.

On a souvent agité la grande question de savoir
si une société régulière, paisible, pouvait exister en
présence de cette action incessante, désordonnée,
agressive, qui s'attaque à tout, détruit tout, en sur-

excitant chaque jour les passions, bonnes et mauvaises, et les mettant perpétuellement aux prises. On s'est demandé comment l'ordre pouvait se maintenir dans l'ensemble de l'organisation sociale, au milieu de ce conflit, de cette lutte ardente, dans lesquels tous les pouvoirs, grands et petits, n'ont ni repos ni trève, et ne sont occupés qu'à se défendre. — Il faut en convenir, à ne considérer que les désordres, les alarmes où nous vivons depuis vingt-cinq ans, on serait trop disposé à résoudre le problème par la négative.

D'un autre côté, les esprits supérieurs, qui voient de haut les difficultés de l'œuvre civilisatrice, à cette époque de libre arbitre, où l'examen et le droit de décider sont devenus le partage de tous ; ces intelligences élevées disent que le seul moyen de faire servir la presse au perfectionnement de l'institution publique c'est de lui donner la plus complète liberté, de manière à laisser la raison des peuples s'éclairer par les excès mêmes de la lutte ; excès qui seront d'autant plus vivement réprouvés, qu'en face d'eux, la vérité, la raison, la justice, brilleront de tout leur éclat.

Je ne partage ni le scepticisme des uns, ni l'optimisme des autres. J'accepte la nécessité de la discussion publique entrée profondément dans nos mœurs ; mais je l'accepte *sous toutes réserves* ; c'est-à-dire, sous le bénéfice de lois fermes, qui règlent le droit et l'exercice, et dont l'application soit prudemment, mais énergiquement accomplie. C'est là, sans doute, une difficulté aussi ; du moins, elle a cet avantage de n'être que purement pratique, et de ne pas tomber dans l'absolu de l'un ou de l'autre système. Ayons donc la liberté de la presse, puisque nos besoins moraux le veulent, puisque la Charte l'ordonne ; mais soumettons-là au premier de tous les pouvoirs, la loi.

Cela dit, mon cher Maréchal, j'arrive au fait actuel et spécial, à la presse *libérale*, *patriote*. Je vais rapidement examiner quelle a été son influence sur la chute éclatante de la restauration, et sur l'affermissement ou l'affaiblissement de l'institution nouvelle. J'essaierai de démontrer que telle qu'elle est restée, cette école de maximes philosophiques, fausses et caduques, n'est plus qu'un funeste anachronisme. Puis enfin, revenant à M. Thiers, je prouverai qu'il l'a profondément compromise en la prenant pour instrument, et que, de son côté, elle l'a perdu, en le contraignant à lui obéir. De grandes leçons jailliront de cette double conclusion.

L'empire , avec *son grand sabre* , avait fermé les chaires publiques *des droits de l'homme et du citoyen*, prédication un moment sublime, bientôt dégénérée en sanglante saturnale. L'empire avait clos le plus magnifique monument social des temps modernes. Il vivait de gloire et non de sentences. Mais l'empire abusa de la force, comme la philosophie avait abusé des préceptes ; il tomba , comme elle était tombée. Avec la chute de l'un , reparut la prédication de l'autre.

Le *Constitutionnel* eut l'honneur, je crois, de rouvrir l'école dite *libérale* et *patriote*. Son succès fut rapide et vaste ; il devait l'être. Longtemps opprimée et muette, la sorbonne philosophique retrouvait enfin la parole et les éléments de controverse, dans les griefs malheureusement trop réels que soulevaient les vues et les pratiques rétrogrades de la restauration. C'est là , sans doute, la partie honorable de la lutte qui s'engagea entre les défenseurs de la France nouvelle et les champions de la vieille monarchie; et je m'empresse de le proclamer, à la gloire des premiers , c'est à eux qu'est dû le triomphe de la réforme.

Mais qu'il y a loin de ces esprits généreux, qui, s'emparant du moyen d'action morale le plus puissant, exerçaient sur l'opinion publique un ascendant irrésistible, à ces scribes salariés, dont la plume appartient au plus offrant et dernier enchérisseur ! Quel contraste que les noms des *Constant*, des *Courrier*, des *Guizot*, des *Châteaubriand*, des *Thiers*, avec cette tourbe de mercenaires, qui font de la plus noble des missions une méprisable industrie ; marchands d'intrigue et de scandale, charlatans de courage, de vertu , de patriotisme , dont l'unique travail est d'exciter les passions publiques, en abusant de l'ardeur d'une nation généreuse ! Mais n'anticipons pas ; revenons à l'histoire.

Le Constitutionnel fut bientôt suivi dans la voie de l'opposition. *Le Commerce , le Courrier Français* le dépassèrent en énergie. Ce fut la belle époque du journalisme libéral ; plus l'agression du pouvoir devint forte, plus la résistance fut vive ; les Manuel, les Foy, les Périer, les Royer-Collard trouvèrent en lui un puissant auxiliaire. Plus tard, *le Temps* vint se joindre à ses aînés.

Et cependant, à travers les hautes pensées, les vues larges, généreuses, que de futilité, d'ignorance, de mauvaise foi ! Décomposez ces mêmes journaux, et vous y trouverez, pour une noble inspiration, cent niaiseries, ou sottises, ou mensonges. Mais, du moins, elle les dominait, et elle a suffi pour élever la presse périodique à la hauteur qui lui a valu la dictature morale, dont elle devait faire plus tard un si scandaleux, un si funeste usage. — Nous arrivons à l'époque actuelle.

La révolution de juillet éclata. La presse la revendiqua comme son œuvre, et s'en empara pour l'exploiter. Quelques jours nous séparaient à peine de la restauration, que déjà c'était le même esprit d'agression, la même violence de langage. Et chose remarquable, qui démontre jusqu'à l'évidence tout le vide, le néant de cette présomptueuse dominatrice : ces intelligences supérieures qui en avaient fait toute la valeur, qui avaient survécu à la lutte et préparé la victoire, passaient toutes du côté de l'institution nouvelle, dans laquelle elles trouvaient une large garantie donnée aux nouveaux besoins du pays.

Sortons des généralités ; nommons les choses par leur nom. Vous rappelez-vous, mon cher Maréchal, *le Constitutionnel*, *le Commerce*, *le Courrier Français* de la restauration ? Veuillez me dire ce qu'il y a de changé dans leur langage d'alors avec leur langage d'aujoud'hui. Je me trompe, il y a une différence ; c'est la modération : la comparaison est toute à l'avantage de la première époque.

La presse *libérale* et *patriote* a trouvé un puissant auxiliaire dans une feuille de nouvelle création, *le Siècle*. — Il réunit à lui seul tous les genres de mérite de ses devanciers. Aussi, le succès a laissé bien loin *le Constitutionnel* dans ses plus beaux jours ; à lui seul, *le Siècle* compte plus de lecteurs que tous les journaux de l'opposition réunis. Certes, ce n'est pas à sa valeur réelle qu'il le doit, mais à l'art avec lequel il a su s'emparer de cette opinion, peu éclairée, qui se paie de sentences et de phrases; qui, honnête et chaleureuse au fond, prend pour vrais tous ces faux semblans de vertu, de désintéressement, d'amour ardent du pays, de dignité nationale. Voilà le secret de la vaste propagation du *Siècle*, en outre du bon marché, condition très influente de succès auprès de cette même classe qui calcule fort bien ce que coûte le patriotisme.

S'il est un homme qui eût dû s'élever au-dessus de ce journalisme vulgaire et à préjugés, c'est M. Thiers. Lui, qui, un moment, avait imprimé à la presse un caractère noble et progresif ; lui, qui, parvenu au pouvoir, avait essuyé l'agression d'une opposition bruyante et conjurée ; lui, qui avait vu tout ce qu'il y a de misère dans cet orgueil effréné de *l'écritoire*, il s'est humilié jusqu'à en subir le patronage, et à y puiser sa force.

Il est vraiment déplorable de rappeler cette dégradation d'un esprit si supérieur : M. Thiers en porte cruellement la peine. J'ai dit qu'il devait sa nouvelle chute à *sa presse* ; il m'est trop facile de le prouver.

Prenons pour exemple la question d'Orient.

Ce n'est pas d'aujourd'hui que cette vaste difficulté européenne occupe le monde politique, et elle est loin encore d'être résolue. La rivalité des grandes puissances en retardera longtemps la solution. La Turquie vivra donc sous leur protectorat jaloux et menaçant : cette existence nominale n'est pas moins une des premières conditions de la paix.

Le rôle de la France était tout tracé dans ce grand litige. Elle, si noble, si désintéressée, ne pouvait souffrir qu'aucune autre puissance s'avantageât dans les événements que pouvait amener la lutte entre le sultan et Méhémet-Ali. Se placer entre la Russie et l'Angleterre ; s'allier dans cette pensée de pondération avec l'Autriche et la Prusse ; maintenir ainsi l'équilibre, en dominant la situation, par la majorité, dans la juridiction internationale constituée par les cinq grands cabinets ; voilà la politique de sagesse,

de prévoyance et de dignité qui convenait à la France.
Si cette politique n'a pas été suivie, il faut s'en prendre à la presse *libérale* et *patriote*. C'est elle qui a
imposé à M. Thiers une marche toute opposée à
celle que prescrivaient la raison, la justice et l'intérêt
bien entendu de la France. Insensée ! qui voudrait
l'isoler constamment, et la tenir en état permanent
de menace contre tous les peuples civilisés !

Un de nos écrivains les plus spirituels et les plus
hardis a dit de la presse fanfaronne, qu'elle res—
semblait à ces choristes d'Opéra, chantant à tue tête :
« *Marchons! courons! volons! combattons!* » et qui
ne remuent pas de place. Rien de plus vrai et de plus
comique à la fois. Écoutez tous ces guerroyeurs
du premier Paris : depuis dix ans c'est absolument la même fanfare : *Marchons! courons! volons! combattons!* ils savent combien le peuple
français s'émeut à tout ce qui ressemble à la
gloire ; c'est la corde sensible qu'ils touchent tous les
jours ; c'est tout le secret de ce patriotisme factice
dont M. Thiers a été l'agent et la dupe, et dont
le pays s'est un moment épris. Le prestige n'a pas
été long, malgré *la Marseillaise*, ce sublime et ef-
frayant anachronisme : un peuple n'entonne pas
deux fois l'hymne de gloire et de sang.

Je voudrais bien que nos belliqueux du *Siècle*, du *Courrier Français*, même du *National* (je ne parle pas du *Constitutionnel*; qui fait du libéralisme à *la Bois-sec*); je voudrais donc que ces *Malbourough* nous dissent de quel côté peut nous venir *le sang impur qui doit abreuver nos sillons* ; et quelle apparence il y a de voir une nouvelle coalition, à la façon de celle qui se rua sur la France de la république, menacer aujourd'hui la France de juillet, c'est-à-dire la France constitutionnelle, régulière, paisible, par conséquent non provocatrice? Remarquons bien qu'avant l'avénement de M. Thiers, il n'était nullement question d'offense faite à la France; jamais, au contraire, notre nation n'avait été plus respectée, et n'avait exercé une plus haute influence sur les affaires extérieures.

–C'est avec le ministère du 1er *mars* qu'a commencé le concert de patriotisme guerroyant, voyant des injures en tout, et apercevant *le sang impur* dans le traité du 15 *juillet* auquel il dépendait de la France d'être partie.

Vous avez suivi, sans doute, avec sollicitude, mon cher Maréchal, tout ce qui a été dit et écrit sur ce traité, devenu célèbre par le grand bruit qu'on en a fait, en France surtout; et votre noble susceptibilité n'aura pu y découvrir l'intention de vouloir humilier la France. Il y a plus : sur le tapage qu'a excité chez nous cette prétendue pensée, lord Palmerston qui, certes, a fait preuve d'une morgue passablement hautaine dans toute cette affaire, dont on le dirait le seul directeur; lord Palmerston, lui-même, s'est empressé de déclarer solennellement, que les quatre puissances, signataires du traité, n'avaient pas eu un moment l'idée d'insulter la France ; et, tout au contraire, il a exprimé en leur nom le profond regret de l'avoir vue se séparer d'elles.

Certes, en matière d'honneur, l'homme le plus chatouilleux, qui se croirait offensé et recevrait du prétendu offenseur une déclaration publique, par laquelle on repousserait jusqu'à la pensée d'une injure, n'exigerait pas au-delà et se tiendrait pour très satisfait. Nos radicaux, qui ont toujours à la bouche le mot réparation, et brandissent fièrement l'épée, ou présentent le pistolet à la moindre parole un peu vive, sont parfaitement heureux d'éviter le champ clos lorsqu'on leur affirme qu'on n'a pas eu l'intention de les outrager. Mais telle est l'ardeur de leur patriotisme, qu'ils ne peuvent pas pardonner aux quatre puissances d'avoir résolu sans la France une grande mesure qu'elles considerent comme d'équilibre européen , alors que *c'est la France qui n'a pas voulu participer à cette résolution*. Le fait est certain ; il n'a pas été contesté par M. Thiers, pas plus que par *sa presse*, qui a fait de ce refus un titre de gloire.

Encore une fois, où est l'offense ?

Se trouverait-elle dans le traité ? voyons donc !

Toutes les puissances sont d'accord sur la nécessité *de maintenir l'intégrité de l'Empire Ottoman*, bien moins pour lui que pour elles. Ce maintien n'est qu'une dérision au point de marasme et d'affaiblissement où cet empire est arrivé ; mais enfin, tel qu'il est, il tient encore sous sa loi le point culminant de la paix européenne : le Bosphore.

On sait la cause de la dissidence survenue entre quatre de ses redoutables protecteurs et l'un d'eux : ceux-là croient que le seul moyen de maintenir l'intégrité de la Turquie, est de forcer Méhémet-Ali à restituer la Syrie, et à se contenter de l'hérédité de l'Égypte. Le cabinet français a pensé, au contraire, qu'un vasselage puissant, dont la fidélité serait garantie par les hautes puissances, et qui aurait pour effet de tenir vigoureusement l'administration de la Syrie, aurait plus d'efficacité , comme moyen de coaction au profit de la Turquie, que de replacer sous son pouvoir débile les provinces réfractaires, livrées à des pachas rebelles et prévaricateurs.

Le cabinet français a parfaitement raison, et il est cent fois regrettable que le divan n'ait pas adopté cette politique sage et bien autrement conservatrice que celle que les quatre cabinets dissidents ont consacrée dans le traité du 15 juillet, et à l'exécution de laquelle ils se livrent. La suite prouvera si c'était là le bon moyen *de maintenir l'intégrité de l'empire Ottoman.*

Mais enfin, à tort ou à raison, la majorité des puissances co-arbitres, ou protectrices, a bien pu, sans blesser la France, avoir un autre avis qu'elle, et, en bon droit public, comme en droit commun, la minorité doit se soumettre à la majorité, et le juge, ou arbitre dissident, ne peut pas se départir. Qu'aurait dit la France, si, dans la question hollando-belge, dont la solution importait tant à son repos, la Russie, l'Autriche et la Prusse avaient déserté la conférence et s'étaient opposées à l'exécution des traités? ce sont absolument le même droit et le même devoir. J'ait dit que là étaient la faute et le tort du cabinet français. Est-ce là, par hasard, ce que l'on entend par une offense envers la France ?

Non, l'injure, l'outrage n'ont jamais été que dans

la plume de nos patriotes à fracas ; ils n'y ont jamais cru eux-mêmes. Mais il fallait bien trouver un prétexte pour remuer vigoureusement une nation généreuse qui paraissait s'engourdir moralement dans le travail et le bien-être. Il fallait lui montrer la question d'Orient comme grosse d'une coalition nouvelle, en face de laquelle la France devait d'avance se lever tout entière. Et pour cela, ce n'était pas trop des grands mots *de patrie, d'honneur national*, mis en regard *de la trahison, de la couardise*. Ce qu'il y a eu de plus véritablement instructif dans cette levée de boucliers, c'est que M. Thiers, qui l'avait excitée, a été obligé de la subir, par une sorte de talion politique.

Qu'on ne s'y trompe pas ! toutes les fautes, toutes les irrésolutions, toutes les jactances, toutes les palinodies que ce suprême directeur de nos affaires extérieures a à se reprocher dans ses rapports avec l'Europe et surtout dans la question d'Orient, viennent de la loi qui lui était imposée par *sa* presse. Que voulez-vous qu'il fît contre le *Siècle*, le *Courrier Français*, même le *Constitutionnel*? qu'il mourût !.. C'est là un acte d'héroïsme dont M. Thiers n'est plus capable. Pour son malheur, il est désormais enchaîné au char de ces dominateurs superbes, qui du fond d'un cabinet enfumé, gouvernent ce qu'ils nomment l'opinion publique, bien plutôt, les préjugés et les passsions turbulentes du pays. Par une juste réciprocité, la presse *libérale* et *patriote* replace de nouveau à sa tête le dictateur fourvoyé, qui n'a pas su secouer ce joug dégradant. Triste destinée d'un homme dont la supériorité incontestable, le courage, ont été longtemps au service des idées de l'ordre et du progrès paisible, et qui se voit contraint, par la force même qu'il a soulevée, à rentrer dans la voie du désordre et des doctrines rétrogrades !

Concluons.

Deux grands systèmes sont en présence : celui de la paix, du perfectionnement moral et matériel des sociétés, abstraction faite des nations et des barrières nommées naturelles. Le christianisme, cette philosophie toute divine, est la loi qui domine cette situation neuve et féconde. Les esprits les plus éminents, les intelligences les plus avancées se placent partout à la tête de ce mouvement généreux, dont la paix est, à la fois, le symbole et le moyen. Voilà ce que M. Guizot a nommé avec raison la grande et forte politique ; ce que le noble M. de Lamartine proclame chaque jour de la hauteur de sa raison.

En face de ce système tout chrétien, se dresse encore la politique d'abstraction, de violence, qui procède par la guerre, en invoquant les noms de liberté, d'égalité, de justice, de dignité des peuples.

C'est la politique *libérale* et *patriote* dont les organes n'ont depuis cinquante ans *rien appris*, ni *rien oublié*. C'est la politique des programmes, des comptes-rendus, des banquets, celle que M. Thiers avait si longtemps combattue; celle qu'il vient de réduire au rôle le plus avilissant, en la soumettant à se démentir elle même; celle, enfin, qui, oubliant aujourd'hui son humliation d'hier, reprend ses allures d'incorruptibilité, de patriotisme, de susceptibilité nationale.

La France va décider entre les deux systèmes. Avec la paix, son ascendant s'accroîtra tous les jours, et doit dominer la politique de l'Europe et du monde. Avec la guerre, la France recule d'un demi siècle; elle détruit son œuvre admirable de réforme et compromet l'avenir du monde civilisé. — Qu'elle prononce!!!.....

Ma dernière lettre, mon cher Maréchal, est destinée à examiner quelle influence le ministère du 29 *octobre* peut exercer sur cette immense résolution.

Paris. — Imprimerie C. Bajat.